透明之物

THE EMBRYO

田傅通 著

江苏凤凰文艺出版社
JIANGSU PHOENIX LITERATURE AND ART PUBLISHING

图书在版编目（CIP）数据

透明之物 / 田傅通著. -- 南京 : 江苏凤凰文艺出版社，2023.11
ISBN 978-7-5594-8064-4

Ⅰ. ①透… Ⅱ. ①田… Ⅲ. ①诗集－中国－当代 Ⅳ. ①I227

中国国家版本馆CIP数据核字(2023)第198993号

透明之物
田傅通 著

出 版 人	张在健
责任编辑	王娱瑶
特约编辑	王婉君
装帧设计	田张可
责任印制	杨 丹
出版发行	江苏凤凰文艺出版社 南京市中央路165号，邮编：210009
出版社网址	http://www.jswenyi.com
印 刷	南京新洲印刷有限公司
开 本	880毫米×1230毫米 1/32
印 张	7
字 数	100千字
版 次	2023年11月第1版 2023年11月第1次印刷
标准书号	ISBN978-7-5594-8064-4
定 价	58.00元

目录

第二个月 形构裂隙

第三个月　框架几何

第四个月　理念模特

第五个月　文体解析

第六个月 内外之所

第七个月 莫名群岛

第八个月　透明之物

第十个月之后

后记

第一个月之前

如果文学能杀死建筑，
人更离不开写作。

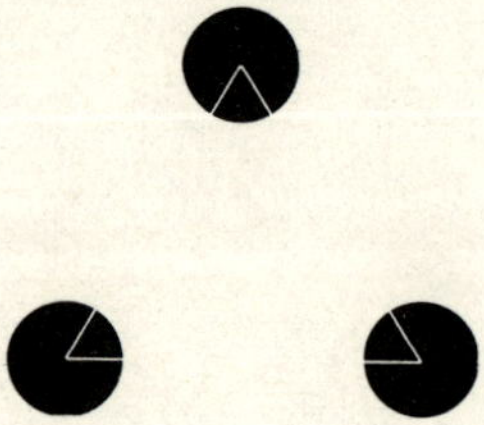

-20000

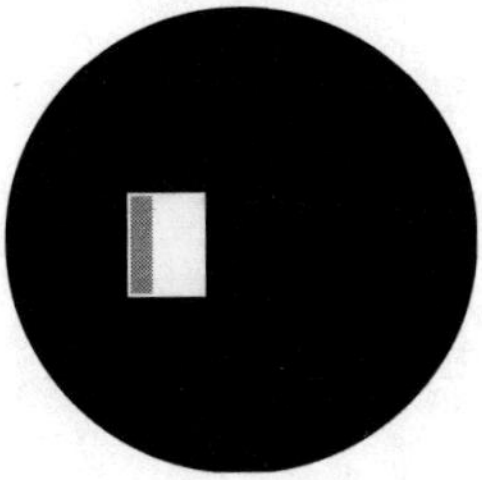

−8000

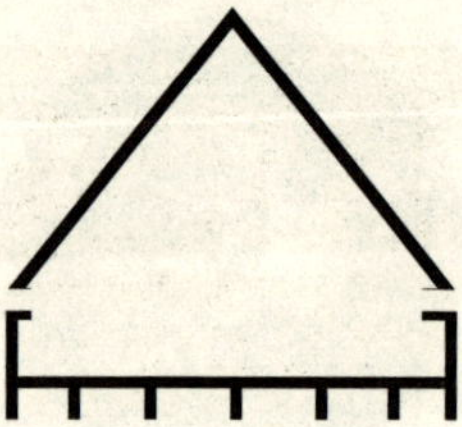

-5000

-4800

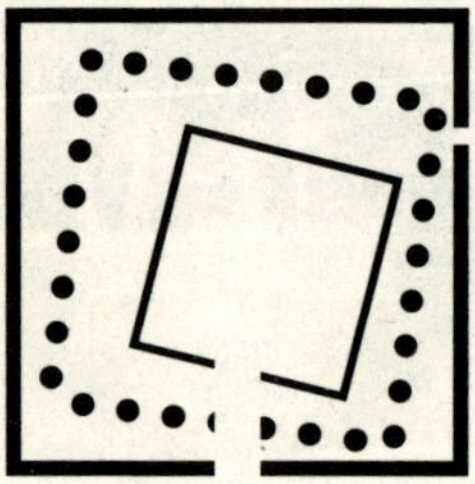

–4000

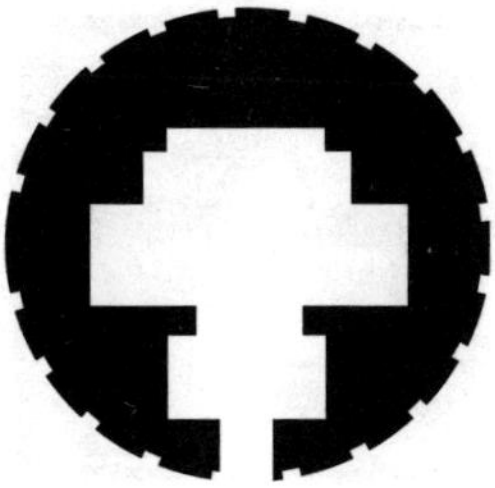

-3600

○一○　　透明之物

-3500

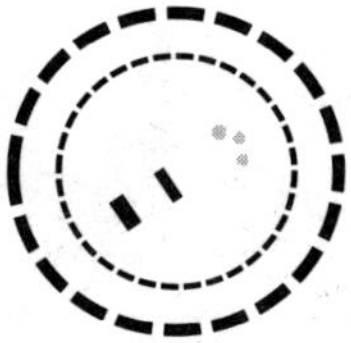

-3100

〇一二　透明之物

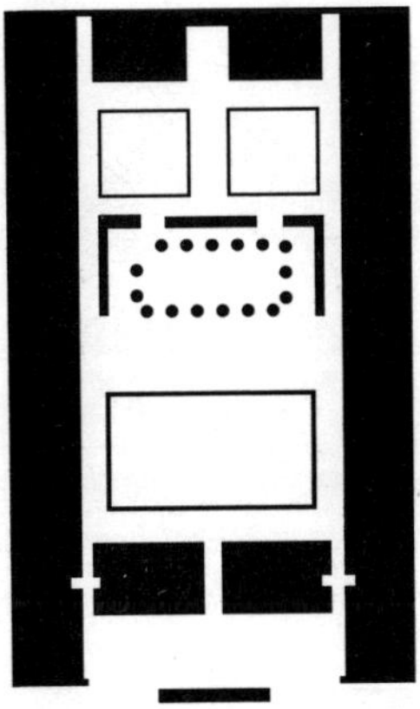

〇一四　　透明之物

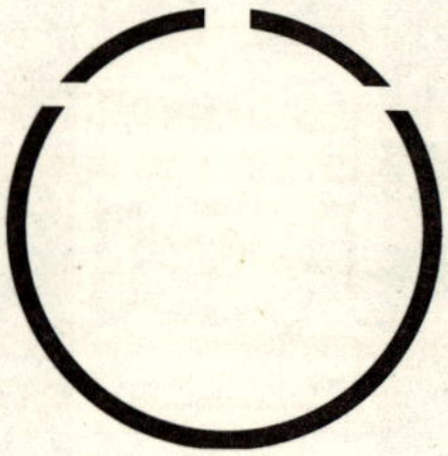

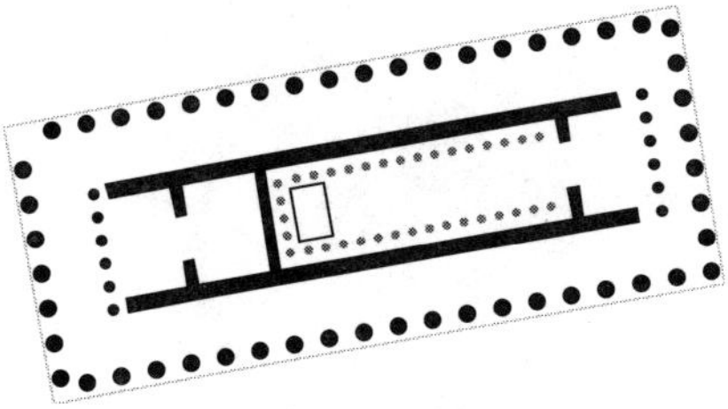

〇一六　　透明之物

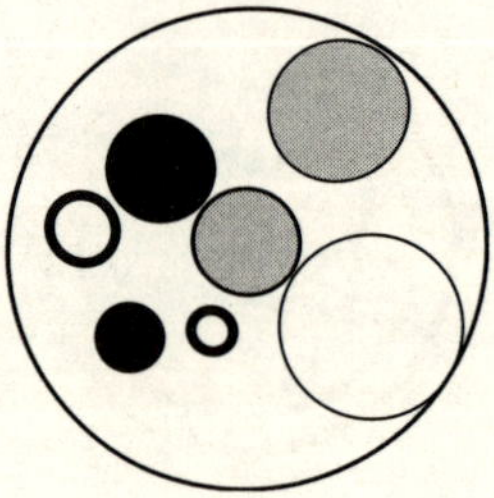

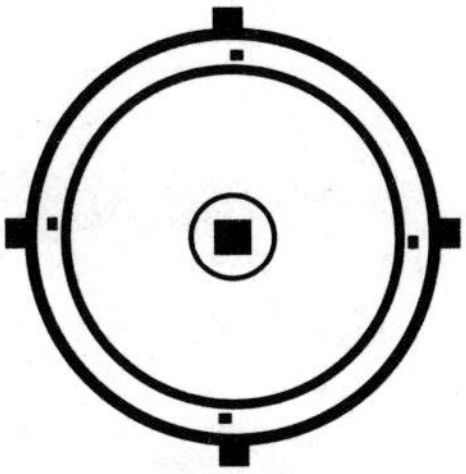

−300

第一个月

原型假说

分 立

失踪的瓶状体积
似废墟解析在光的内部
而它的消散掏空了数次石囊
并组成于你

一个有序的分立
让裸体更奇妙
建筑安息着
活人走进来

手工制出的要义
从唯一的来处找到单一的出口
或者相反

而时钟仅用黑白两色
不断筛离

接 近

非可测量的圣所
与进入者雷同的形式
在其之外已经转换

每一位无可适从的侍役
都在异相中待产

测量员努力地将它们分开
在混合一体之中
奋不顾身
像是一种最终的干预
源自对这围园的接近

框架

世界被喂养于所有框架
而柴枝
尤为恢宏

过度浸泡的
每一座木塔
都摇摇欲坠但从未毁灭于一种母体所建立的结构
比锅釜和陶瓶更低
如患病的老雀
单向的回答

世界是未可见的容器
来覆盖几段假说
在无尽的笼中计算其体积的方法
只能回到遥远的透明腹内

坚定着 摇摆着
重生的目光探向结构之外
组成你的人形

形骸

于冲突中
请再一次削弱我
顺手牵羊
直到我瘦成一个抽象

总有后悔的事不断从体内溢出
最终汇入排水道
变成海洋

来到猴子的星球和岛
似有敦煌的窟形
开凿于一次春潮

这分明是保有形骸的人

最后来此
大闹一场

陌生

我们站在棒棒糖上
看着柱状的月亮

它失重于夜半的
光明所
仿佛遇见了某个陌生人
忽然跌入了椅中

凹凸 朦胧 晦明的
蝶与乱枝混为一堂

放开我的手
中途闯入的
身穿试卷的情人

停止往返
回到单一的方向

而柱状的另一端
那个液态的我
正尝试哭出来

分镜

减去一个分镜
加上四个自由
形式将现身于阻挡强光之后
如果不飞于台上
也是一支成立的灯芯绒

减去一个自由
加上几个分镜
把自己封装起来
像是打败了它的腾空

练 习

我们一起练习
骑马
或鹤
翻越玉砌的绝壁

如果另一侧有幢房子
大小应该
刚刚好

风格

世界叙事于我
我便穷尽所有都用于它的额外修辞

充满病理的挽歌
藏在夜行的蜗牛之内
用世上最缓慢的速度偷饮露水
并感谢谁发明了晚上

三个月亮别和我在一起
让我再逃得远一点
用完所有的昨夜
并不是很长

但里面有一棵定痛的白蜡树
来自乌德勒支

它带给了我
风格化的补给

运行只是从泥土到肢体
但里面充满了鹤的问题
铺陈久了
修饰多于可用

即便让整个夜空都变为一个过程
也无法沾染糖塑的事物

因为在夜空之后
仍有眼睛

往 返

往返于一个近似对称的地点
让它们无限接近于对称
而于你的前面
早已有人在等待

正在被修葺的茅草顶棚
磨损掉最后一层纱
身体便自由地逃向天空
与美丽的事物待在一起
尽量的逼真

而水下的芙蓉镇
已经清洗干净
如果你再一次开落

它必将成为倒置的沙漏
和再返的幼小砖工

结果

从结果中
递给我手
让我
狂奔进所有的空腹结构

我愿意终身其中
而不是去生活

如果你一直
没改变

平行

山
与我耳谋
我却听见了你

我
一睁开眼
看见的却是另外一个自己

山
当你被封口
另一个世界一定有花开满

原 型

我的家
是一个怪诞的物种
在北方
入秋的晚上
携带着另一个国度的沙尘走入颓败

檐口的老燕
下意识地告诉怀王
它从此不再传播光明
而只匍匐于
丘

我尚幻想其中
有一间原始屋 茅草顶
并有一座天生桥

我在水下
用尽动物性
找到它的原型

假说

可汗有一个假说
带走全人类的遗产
目的是给每一个新出生的人更有神性的形式

在国度成为一个空体之后
重新认识每一种物质之前
是可汗的岌岌可危的江南

摘下葡萄喝掉圣杯里的红烛光
版图上只有黄杨木做的受难架
是否能承受母语的尽失和夜光的火灾

可汗有一个假说
把含义放在蜡丸中
物理式的收藏方法也适合内圣外王的肉体

如同给世界一味草药

世界需要这样的投喂 带着成熟的文火
古老的斧器用于荒凉的饲养
它长大于悲悯的结构中

世界的新平面也是旧平面
平面是一切药力和形象的总和
包括封装的躯体在镜子里的位置

假说中有一个可汗
他拥有整片的江南和诸我的图册
独享着泉亭的黄昏
以及纸折的断臂

第二个月

形构裂隙

块糖

与世界有一场三角恋
就在你与糖塑的玫瑰
牵手的时代

所以看来
你还是想
你们都想
而只有我是这个世界的幌子
举在一个狭小的空间之内
上面沾满了糖

模型

你被我建立在失真的模型中
推断我们之间的墙有多么哀伤
物质的体态
疲惫于警告
诸像
皆是迷路之鸟

一场滚动的否定关系
如扬弃的火
高过风筝
溢满的天色
却被唤作底层

在模型倒塌前
你是最后一种假定

替我垂泪于末路
而我忘了
我本来就是一个死者

周到

你想得真周到
我哭得稀里哗啦

你只是递给我一个面包
还加了不少酱料

说鱼

说鱼
鱼想成为我
我不拒绝
在一个更大的容器之中观鱼
我们联合起来哄你

你一说话
就吐出繁星

命题

亲手删除一个命题
疼痛并不可回收
捣药的藜杖
必握于神明的手中

他们
一旦包含了你
便有了诸多通假
为了辨认它
我愿意当掉祖传的所有东西
宏大 性感 质朴和昨天刚替换的新木头

亲手删除的命题
腾空了心中之你的一半
压实其中的剩余

因为你就是矛盾的本身
被笼罩于秋

检查里面的所有山水
只有伐檀来自意义
而你被成就于建筑之余
立木为证
语言是其所有过程
验算于众人之口

裂隙

一个活体身上有很多客观的裂隙
比如眼睛

但你不能用任何东西填埋它
包括光明

我们只是需要活在里面
恰如其分

带着垂挂于前的真相
涌出秋天之水
重生于此月

相似的自己与相似的图像
被镜像其中

一次次闪烁
并长大
像囊括了所有裂隙的
早产的圣人

层数

用制造于聚苯乙烯的手臂
触碰到了第一层城镇
上面有一些蒺藜
每一年都有一代
喂马劈柴

你用你的体态爬至第二层
身上插满稻草
烧制于陶瓷坊的口述
似有哀鸟的元音
划过白梯

信使即将融于丙酮
透明体内剩下的滋味三三两两
用绷带绑紧的木架上

空无一人

再往上发掘一层
自己变成了微小的兽
被拼组于一切不可见
而可见的
你尚未触碰

双城

我不能遏止另一个时间里的我
因为你的闯入
我不能拯救同一时间里的另一个我
因为你的离开

我只能凝视
美的图式悄悄撤走于你回忆的路上
有上个周末良渚遗址的雨
和入定的夜

并渴望所有关系的终止
都是考古学的假说
它们只是带着外城和水利系统
一起进入了另一个时间

在那里
你可以看到一种庞大的双城
在局部的悲剧之外

而我已经忘了
城间的同一个我

三者

这个世界有你想要的东西
所以三者都存在于丢失的空屋中
既密集又孤立
互不撤退

无比的巧合让人带着泪腺
彼此砌筑这一个并不太大的精密容器
里面有燕子从远古飞来

这是一种包裹
但有很多层
它们也可能带着泪水或只是沮丧
看着外面有船只闯入了窗口
桅杆下是病倒的巨人

刚离开杭州

出自泪腺的小雨
屋外已经下了几场
依稀像你的宝贝
从未来过
这个世界

第三个月

框架几何

起 源

你喜爱平淡
因为你本起源于这场小雨
而我则只身其中

我感受不到你的具象
因为你已滴入虚无
滥觞于另一个世界
低矮 柔软 茫茫

如果有一天狂风大作
搅乱了圣人的热泪
你仍是一片一片
潮湿的表达
如世上仅剩的两件
真东西

出逃

老城厢里似乎有先兆
把一整年的木头活儿都收拾起来
投入月亮那样苍白的空洞
几个来回

老城厢外套着新城厢
从外面走进来
像穿过了三个世界
其中一个是打柴回家的老宋制造的
他要从玉皇山一直走到皮市街

及时地穿过它
及时地出生
并长大
伴着回收不了的钟声

来自黑白色的自己

新城厢封闭上老城厢
老城厢通过月亮
逃出去

雕像

他想为去世的星星
设立一座雕像

于是
苦思着一个微小的体态
并用每一个夜晚来辨认

他甚至不知道
去世的具体是哪一颗
他所乘坐的又是哪一颗
可与具体的编码相比
可敬的是这个沉默的过程

他在一块冰冷的石头上跪坐
不知过了多久

雕像修理工递来一个软垫
像是光的温暖来自星的消逝

天体

恒律的运行
像洁净的身体
在两个地名之间
有让人全身膨胀的地盘
他们消耗了一整个下午
直到有拐杖敲响了门
单调的时间和声音能让人少一些自大
反反复复地成为行道树上干枯的小枝
最后被摧断于一个偶然的加速

造字

如果不用手书
则用脸书
他与人
天黑交往
互换风烛

举起一个巨大的图形
用尽朴略
瘦金体与半透明体
生长于数个偏旁

上帝知道其中的所有细部
包括把隐身术
装进朱红色的
大理石盒子里

我会压扁自己
如果沉默有几千牛
这垂直的力
用物质的一半教诲
露尾藏头

闹钟

戴着帽子驶离要点
他者发现了神话的本义
平躺在比例的静止之中

后代的哀悼
如狭海的影子
在观测的仪仗队里推翻了山的超验
无望的是一种强加
恰如黑色仅是浩瀚无垠减去了一轮月亮
闭上眼睛
重复这一个减法
一起下山

这就是它未能如愿以偿的生活
一不小心活了很多岁

剔骨

喜欢锅里的剔骨肉
每吃一口
都能感受到剔下一刀的疼痛
可口而立体
像从前的用调色刀的油画

可是你并不从事它
你每晚都在身心分离的无眠中求生
成为一天起得最早的人
到便民街 56 号卖肉

度量

每一次出生
都是一种驱赶

这是必然的
来自古登堡的威胁
打翻了藏于内在的一切的不可遏制的释放

内部的种子终于萌芽于回转的外观
而肆无忌惮
任由自然的自性
爬满大街

在混合了惊讶的秩序中
空间抨击了时间
水平凌驾了垂直

虚无的意识生产了强力的结构
度量了自身

而你承载了
所有纸张的碎片之轻

第四个月

理念模特

同情

火柴击碎全城镇的钟
天使的锤头在追逃咆哮的钉子
调色刀，园中蚯蚓，一无所有

你在运动之间
探出
救赎的自然之水
永远与被救赎者
相隔遥远的一步

不断调试的成丝之泥
塑成形体
当作理念的参考物
凹凸岛的每一寸

都粗犷而充足
它对世界的所有感知
全部来源于你
如此的同情

理念模特

我获得了一个理念的模特
惊恐至极
因为我尚未满月

她倾倒的瞬间
被死亡的右臂所撑起
怀中坠落的独角兽
正是生命之炉

她痴迷的是
地下的飞禽走兽
被封锁于一车柳条箱
载至废弃的后花园

萌芽出怪物

戴薄纱头巾的椅中圣母
也披着自然待死的恐惧
她藏眼神于胴体
心如刀绞地飞于断墙之上
如送葬一样听取聆讯

绝笔后
只剩下两支空杯
和繁殖旺盛的动物
在三角体上设想复活

多个你
打乱了约定的顺序

金身

睡前做好一个开端
夜里再一次梨花带雨
本次主动的远足并未涉水
因为太想要获得惊世的华丽更长久
而盘桓入荒芜道

用训练出来的想象
让星星变为绯红
每一次修饰
都比下一次更无力
在睡着的时候
世界竟然还在追求富丽堂皇

天堂里也有一间银行和四种碱基

腺嘌呤
鸟嘌呤
胸腺嘧啶和胞嘧啶
除了碳基生命其他也能接收
不管你是来自苏杭
还是哪个老江南

真相的总和仍是一个假相
如梦中有片镜子，镜中存有不灭的公子

读不懂标语的自己
是否还有一具金身
在黎明时睁眼

凸透镜

上帝在月噬的灯塔后察看蚁动
自设的哑屋
是否能盛下它的尾迹
制约另一侧的你

凡是相遇的运动
终将相互逃开

海的自由平面
铺张于悬念之上
找沙塑的碑要答案
一粒粒
衔接陆地的白色
十字架般钉住自己

风的象形
变成下一个提问
退化为一种速度的模数
从最初开始测量
以梦成身

放大一倍的铜像
用作原料
所有的线性都被运载
划过天堂的领地
受难的六足虫在张望
一切很近
又终不存在

一场春雨
已经来过
在凸透镜之底

要素

一股流动的半透明体
或可以滚动的金属丝
来到维琴察和威尼托
填满了它们的向心

单一的要素
配合肖像的平面性
行走于潮湿的概念里
把蛋清加入颜料
环形肌用行星轨迹
假扮了虚月

悄悄地
光造不出笔直的阴影

你却显现
大胆地变换着状貌
带着真相跃然于纸
互不相认

如果大自然拥有实线
而我们的房间没有四角
我们会以什么样的状貌进入它们

大树

我经常看到一辆汽车
拉着一棵大树在市内穿梭
枝叶摇摇晃晃
枝干五花大绑
从苗圃市场
到某个人的家里

为了成活率
根部还套着一个灰绿色的编织袋
如果空气不好
叶子上会带很多泥点子
它被拉走不是为了长大
而是用作别的
偶尔拴拴狗

我家也有一棵这样的大树
每家都有一棵
这样的大树
偶尔拴拴狗

第五个月

文体解析

文体

你看到的可能是一种自诩的新文体
就像突然发现婴儿爱看星星是一种物理学
不然就去问问杨院长
他更喜欢直角转弯悬挑于一个平面
而你更喜欢圆圈里面加一个白色的实心组成一个平面
从外面看向里面
雪人的剖面

得到这种依稀能懂
混合了更多的形状
开始更深入的叙事
比如看见悬挑之下的阴影
来自他的保护与太阳的乘积
从上面看向下面
新文体的表面最小但要架空的更大
像一个原点在一个无穷的平面

不占满这张纸
叠成一根射线投向黑色的进深
像阳光或胡须
从纸面到你的另一面
不断的翻面组成所有形式的总和
从公元前的柱廊面
到黑的体积被星光射入出现切面
不要怪他的逻辑是数学式
因为里面充满了假说以及脆弱

杨院长
也能做手术

弹 珠

弹珠游戏里
被弹出去的不总是玻璃

偶尔也是
眼内的大东西

实体

咀嚼了梦的实体
第一次触及五月
身体是否可以原封不动
用最简单的唇语
问附灵的神像两个问题

骑乘着秋天可否到达四季
鲲成为每一年的四分之一

京墙城门下浮出木鱼
车辙是否要带着它巨大的瞳孔驶向列国
鲲成为辩证的二分之一

漆园幼年的产品在木上预涂

能让可爱的宝殿命长多久
每天的黄昏都是论道的完美时期
殿上的弟子因短暂而死去
鲲是他抵达的千万分之一
像在盛开的镜中
数不清自己

三角形

鲜艳的头巾穿过黑色的树林
诉状上写着柴火和狼巢的意义
封禁了小男孩的两三个问题
以及早稻边的尚无年龄的草人

戴着鲜艳头巾的尚无年龄的草人
割掉了岸边的早稻和偷火的头狼
每一年都这样直到太阳老去
小男孩成为山上等人供奉的小道士

有鲜艳的头巾穿过黑色的树林
有伐木工具制造原色的柴火
印有童话的货币换来换去
摩擦着幼小的额头高烧

上了年龄的草人戴着鲜艳的头巾
在路边与啄木鸟说话
不吝啬任何粮食和鱼
她却与道士之间没有语言货币

有鲜艳的头巾穿过上了年龄的树林
这是唯一一条上山的路
路上还有很多条
老沙河和白头巾
直角三角形的

此门

我们
源自于同一个起点
投射在河流的虚相中

透明而交叠的物体
让光再一次无处不在
又绝无仅有

如一只喜鹊与老教堂的关联
最后的字迹和刚出生时的极其相似

五六个字解释一座三角形的城池
和在泾渭上战无不胜的学院
不懂几何学的流浪者
勿入此门

遗迹

有一个最本质的形式
在盛大的遗迹中
用不自觉的斜度深埋

与它带着圣甲一起西行
西山雨的体积饱尝着大风摧蚀的点线
在门扉之虚外仍然是叩问的石头和红黄蓝

明净的 残缺的 形式
有一半呈现于可汗之蹄
举世的稀有
是否是另一个颜色识别器

所有的疑问
都薄弱如一张蜡纸恐惧着火源

放弃暴力成为甜美的游侠

有一个最本质的形式
在盛大的遗迹中
明净的残缺
举世稀有

似另一个自己
向着另一个自己
不断地旋转

缺席

工具箱内封住了一个缺席者
而逃脱者终会带着世界一起走

这似是一个职业
可以互换风和种子

忽然拧掉了那颗钉影
像萌芽一般
都跌入了湖中
那一瞬
浪打浪
人杀人
以一颗流星的身份

黄色

在死声里
写下房子
并发现光的起源

它一旦开始悲伤
你一定是忘记了什么

第六个月

内外之所

内外

佛头被深埋
水滴如眼睛离开天空

同一结构的浮世
一起照进挨饿的老月

我在瓮中储藏了滴入的声音
却不知如何邮寄给你
连带轻净的椭圆图形

我的内有求于我之外
湖水的眼泪可不是我尿的
李老师
我们一起守约

只凭听觉猜想
天空是否仍有视力

纸盒

你甘愿成为一件清净之物
在一座潮湿的园中生锈入昨天

记忆的虚惊
将游向何地
你的老师会在冰下获得善待

这刺骨的寒冷将在每一个人的舌上
找一些凭借
为太阳点上一盏灯
让它寻回自己

一段沉戟
折叠了你的对立面

成为一个容下春天的纸盒

在一个气温上升的早晨
忽然漂浮
来和你谈一谈揭露和疼痛

漂浮

山腰流出清凉的乳汁
沿着白河东流

三只舟筏
青羊 黄狗 伯牙
一起入海

悠悠的浆声
来自一根楚国的沉木
夜夜漂浮又何其草草

深黑

在某个时间
如同毫无知觉地忽失双目
精准的一秒
身上落满夜行的动物
于舔舐泥塑的苦涩间
完成了第一页草稿
但我们已经交易了无数次

如果能再造一个太阳
是否要真的丢掉这样的晚上
来看清
羽毛上
散碎的细斑
和类似人类的眼睛
不漏掉任何裂隙的客观

有人感受到了这深黑的潮湿
寂静中
一种无限面积的大哀
盖住了狂风和百鸟
而当你一闭眼
暴雨便完全降落

风化

能让人渐渐读懂的都深埋于
黄河的废屋

朽体上有忽飞的夜蛾
与不断的碎语

这音色似能点燃更多
比如多少日传递的热量
所形成的脑髓中最普及的应用之火
却一直有人要扑灭它

日夜

每天只有一个夜晚
少的让人来不及追上

而这仅有的一个夜晚
却用一整个白天嘲笑我

固态

整理着史前的固态
我猛然获取了你的一整个
但我不再是年轻的那一个
却依然可以把它舔舐成
液态
气态
意态
甚至是
老态
像男孩和母亲争夺的
糖

画圣

建筑在救赎自己
并藏着成立之前的不可度量
而让本身成为主人

在白河的对岸
与河流平行一段

它和它的作者说话
如水底倒影着穿残甲的将军

第七个月

莫名群岛

莫名

你的名字被描写成几种
但里面一定有一种
如
单一的蛇
双份的鹤
无数的肿瘤
它们一度都在你的体内尝试色情

每天都会陷入
衡山路 华山路 吴中路
巨鹿路 襄阳南路
北京西路

仿佛只有躲在这样的网中

才能不害怕
这随时会变的名字

像是一座
三十年代的房子被保护于其中
并饲养着几种
牲畜

深化

我在鸟的体内
陈述朴素
如果遇到不同的类型学
依然如此躲避

风景就在你的上铺摇摇晃晃
像一遍遍温习免费的哲学
深化自己

带着口音的模特
听万物都是悲伤
林中的裸体
披上条纹的被子

哭泣的 内观的
飞出一根斜线
留下惊世的美貌

流 失

我正在和你说话
而你还没有诞生

我听到你诞生的声音
但并不在眼前的世界

我手捧火种遍寻尘埃
你却藏身丁深水

你的顶端刺破海洋之底
一定流失了
一个完整的世界

最后剩下的

只有几件孩子的玩具
抱在我的怀中

成交

人只是一种介质
带着肚脐走进交易所
用发肿的声音计价

卖掉精心虚构的日记
用存在杀死了比较

没有名字的证件
是否真实存在

介质的透明性
成为一个新的宿主

间接的

浅薄的 轻盈
让风变成火

走在极端的其中一端
死亡脱掉了手套

语 言

储存了阴影的容器
把你藏入尖塔
遍布交流层的家
已不存在于你之内

从高架桥
看到它的一个片面
像打着泛光灯的孩子
照亮了某一个内层

我偏爱你
一无所有时的
空语言

间距

物体的间距精确到刚刚好出于礼仪
场址中的后窗却互不相让

张狂的 退缩的 不可见的
集于楚王
传递或行进
奖章和印泥
一百次不够
和死亡多做了多少次朋友

被长条状锁住嘴的鹭鸟
重新认识了黑夜与红布
一边收拾宝贝
一边成为自弃物

到达一个只有自己知道的地点
像鱼一样吹一次玻璃

施受

理念被二维的方格慢慢养大
砖工用随机的顺丁给了它一个成人的具体
穿梭的空想家
不断测试它的容量

晨雾中
走出一个古人

漫山遍野都是
为他准备好的空椅

请不要向森林
任意挥斧
引诱重来的他成为你

场址的两端互相施受
遥远的爸爸请我们吃了顿武昌鱼
一口一口地把视野里的物体都变成凶器
直到再一次
头生白发

复眼

光照向了噩梦
用力深染进双黄蛋
像在你的靠近中产生一双复眼
被神所尾随

千砖万瓦
疯子和疯子做了多年的知己
在最后收下了我的图形时
相互说分手

分层

在前后左右各虚构了一个我
环顾他们讨论分层问题
虎须的总体
带着狐笑
回到出世以前

山魈呼喊山
却养出了月的相
虚假的东西
曾经统一过
在你的第一层身上
翻跃红板凳和绿板凳
颠破了羊水
成为杀鱼的暴君
披着虎皮

第八个月

透明之物

奇妙

我们本是透明之物
因为痴迷而浑浊

终像尚未油饰的木料
运往朝歌

一路上怀疑
渭滨鱼的动机
是否真实存在过

奇与偶相互营救着
结伴步入一座城池的晚期

水到渠成的自然之哀无可避免

某个前人督办了这桩旧案
案中是一条玻璃做成的蓝鱼

缩手缩脚的游泳的哪吒
必出自这样的剖宫产
如果他自己觉得自己真的很奇妙

三首

可汗动人的诗一共有三首
兔首 虎首 鹿首
所以在悠长的巷中
偶尔挥刀成现代

这只是行进中的支线
像是抗击一场瘟疫的开端
努力让人们习惯熟食和鼎沸
它们轻如纸片
但不接受任何印刷术

可汗在江南突围
策着马
并驮上我

偶尔回头

他带回的诗共有三首
俯首 仰首 叩首
沿着一条富春江的主线
按最残酷的押解方式
展开循环的行动

拿热武器的敌人
手中还有后现代的总和
在买醉时
给世界一次兑换
因为他也是市井的美食家

海兽葡萄

一个人静静地钻进钟乳洞
窥见陶中飞出黑色的鸟

他住在一个叫作山下屋的地方
被缴获了莲蓬与蔗渣
但不能辱骂他的名字

有三五次
水禽和蝙蝠继续追捕
通电的红色漆器控制了他的生殖

我仅用海兽葡萄在洞庭里
识我

类 比

如果收下
万能的平凡所予的奖赏

从三角形再到三角形
是否
还需要一万年

铜禁

手拿杵臼
在林地里暴行
像跳霹雳舞的道士

你摘下盔说
汝爱其羊

傩不好看
道不可考

群饮
误杀了修理铜禁的盗墓贼

别处

你从未静止过
因为你一直在被偷偷运往别处

你可能静止过
因为你将抵达的地方也在奔走

那匹被牵到十二楼的白马
尚未学会飞行

那位只认识猎户座的女婴
已经长满白发

而他们都没有发出过
丝毫的动静

山水

我去遍了西部的十万大山
和东部的五大湖群

里面都盛满了夏天透明的人
和冬天流体的轮椅

第九个月

具象之体

圈套

月亮最终是一个圆圈
混在你的吞吐中

多了这一个圆圈
执黑的人痛输了三局

月亮最终是一个圆圈
怀才抱器

你的面庞填满这个圆圈
用脖子试探他的锋利

具体

具体的不可见
擦除在瞳孔的外面

你再一次像你
也像落雨
与我有关

回答的声音里包含了
抽象的 机械的 无理
旋转在视野之后
弯曲的 粘连的 金属苞片间

从眼睛到地面
走了十万里

生活过

在雨落南京的路上
看到你找到宝物

月亮被拆成了两半
没有一个完整的圆

在能困住上帝的模型中不断推敲
于抵达旧石器时代的框架之前
每一种结构都无上凌乱

生活过
野火点燃了大雪
说你只是一件小物体在一间空屋里落满了尘埃

均分的灵魂的一小片独自在梧桐下听西风渐来
误认为每个人都需要怜悯

生活过
有类似的粉末
如一场清新而又朦胧的聊斋里的梦寐

模式

你未曾教我的
我早已学会

在独自的声中
铭记庆祝与表演
于这个星球的背面
偶尔击掌

悬梁的研究方法
塑形如主动的观测
当你不看
教诲的声音一如既往

油膏燃了三天三夜

终于有人惊觉
那是新娘的嫁妆

冬天

这一年有四个冬天
我们冰做的房子
害怕第二年

新约

一串符号给了我精准的打击
让我不能尝一口树上的果子
恍若骨头的尽端不再是牙齿

一串符号给了我精准的启示
让我不再尝一口树上的果子
恍若我的牙齿是所有的身躯
你的目光是我的禁地

你 我

用一个具体的孤独求助
在你命若悬丝时

惊现的美丽
如同一轮红月亮
炼自钢厂

披着时装的野牛
喜欢上梧桐和绵羊
祈求着解开衣下的手

高炉里的红月亮
是你一直在熔化的几件杂物

而我
叼着我的雕像
在岸上
越行越远

造型师

我苦盯着一个形式或一个人造物
你却出了一张黑桃

我苦找着一个在场或一个先验
你却只用了一个大于

我发现了一个主导或一个绝对
拍死在方桌上
你却放上来一只猫

我大吼一声
猫就跳进了非物的棺椁

巴别塔

当每天的房门被打开
阳光照耀进来
我们就在各自找它的路上了

穿过数据和正十二面体
以及最重要的动物园
我们最终
却只想慢慢地
退化入瓦中

如果再找不到一个确切的象形
就收工
因为它原本就不是一个群造之物
而是出自于一位自生的可汗之手

能让他回应的
只有屏外
残余的文学

人类的第三座巴别塔
有了如此坚硬的瞳孔

第十个月

可见与否

形影

绝对静止的自己
能听到蝴蝶出逃的声音
并追思你的不在

只因为你曾在我的一部分之中
发现黑暗如此透明

我怀有如此的惊恐而置你于危险
但对于你的急救
总有人在我之先

如果这只是一种形影之离
请不要假设
你会用回顾来动摇我

因为我已在辨别形影中
成了光的一部分

独立

我将体内埋满众人
以诞下一个自我的形式
像十字一样
充满美的绞刑

在死亡之侧
有朵含苞待放的你
而在你之侧
是被捆绑的木鱼

你只是寄居于这个位置
和众人有所区别
以保证自己能毫不费力地描述出
一个独立的黎明

来换取一张票券
从而在出生的甬道中
得到可以随意张望的权力

替身

手持着仪器
对准自己的心脏和晨烟
以及喉中物

把它们连成直线
发现你只是我的替身之一
不小心长成了无邪的独臂

吞咽完巧合的错误
将光一饮而尽
像无眼之马为自己的奔腾
淋漓地辩护

在法庭上

有一位修复烂尾楼的工人
和一双看得见死亡雕像的盲目
对峙着
自问着
水平着

下午不可

用一个下午写出的不可接受
来怀疑证明的过程
用捡拾回来的灰烬重新抹满建筑的面层
把隐形的身体彻底融化掉
这是一个典型的你的下午
在陕西北路的七百七十七号

找到苏州河对岸的卷烟厂
奔来此地深吻荒凉的你
不可复现
尼古丁做的胭脂
是本次失踪的帮凶

成熟的婴儿不再哭泣

而贪睡入黄昏
正如你所拒绝的
已经抵达

可见与否

一股远古的水
被封入玻璃的内层
像我屈服于你清醒之前
问第三者可见与否

模仿哪一只动物翘起了二郎腿
而塑造了一座伽蓝
并着迷于动物的本身
来换取今夜城外的四个黑方向
发现你并不可见

在黑空中走来的
是穿过废园的风和狗
它们一起抵挡陌生人的闯入

但势不可挡的依然故我
重新出生
口含着审判和碎玻璃
吞下这股水

秘密

如果灯笼里的事物不会衰老
它的表面定埋下了无数的透明图层

图解这个朴素的秘密
是否会给自己判下死刑

师说
由悲剧组成的光线
只是你的随手一笔

八角井口
爬满了忧伤的老人
是直线把高维充满了
低维

边缘

在现象的正反两面
有一层隐约的底妆

映射的事件
包含着物体都在其中被压扁

两万年前的遥远的图形
也未逃逸

而我过度着迷于
那一点
假的朱砂

离也
离不开它的边缘

察觉

又聋又哑的光是你的雇佣
来呈现更多粒子的曾未呈现
渐渐远离此刻的察觉

退入一朵玫瑰的意识之中
并无情地横越了它的
可察觉部分

这部分
因察觉而不再透明

而不可察觉的
仍将击打
空白的平面

盒子

在方言里
被你听到
那首直角的短歌

里面写着影子对你的不忠
以及光的软弱

生在壳中的人
揉碎盒子
再把它吹起来

盒子被活人移动
并教会我们如何沉默

把所有冗余的
都腾给这个空盒

而寄于心中的
曾翻开过
它的盖子

熊鹿

我曾住在伦敦的铁匠街上
离滑铁卢也不远
后面的林子里总有熊和鹿出没
我给老师交的作文里
把他们写成了鬼

成因

撤退的你
衔走了我的食欲
不然我定吃下孤独
也不会被现在的形式所击倒

空腹的风景正在勾起
阻尼的疾驰
而能挥别你的
恰恰是我的手

我不需要再看任何陌生的东西
以获取启发
我仅需要尝一口你对我的一次纳入
便可饱腹

你是一个朴实的概念流经排水槽
击打在影的细部之中
悄悄地成为结果的记录

而看着我倒在
对成因的数次模拟之后

废园

都是风的体内装满的东西
它是否能感受到你我的区别

多义的 递变的 等分的
在风内，如风一般
组成十月

第十个月之后

刚处理好的图文关系，
在镜中碎成了多面。

一八八　　透明之物

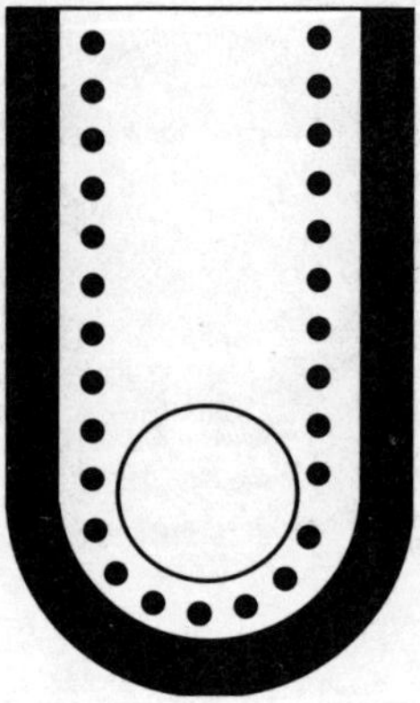

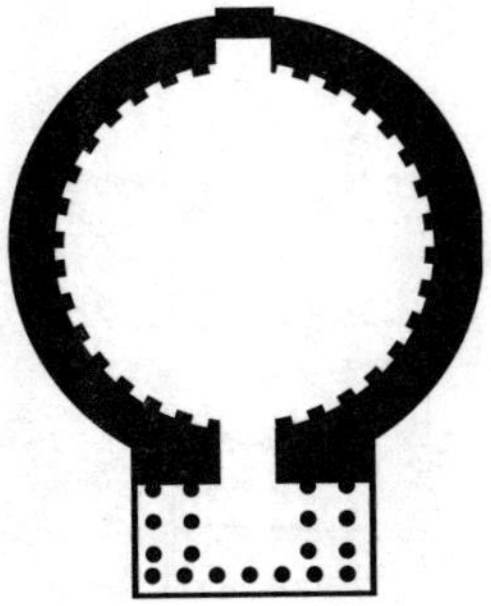

+120

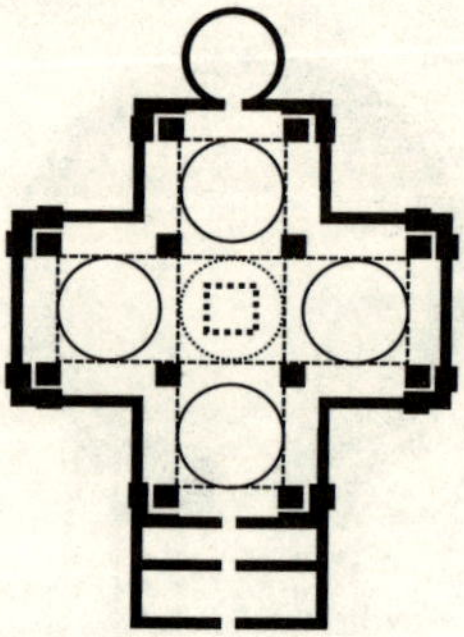

+300

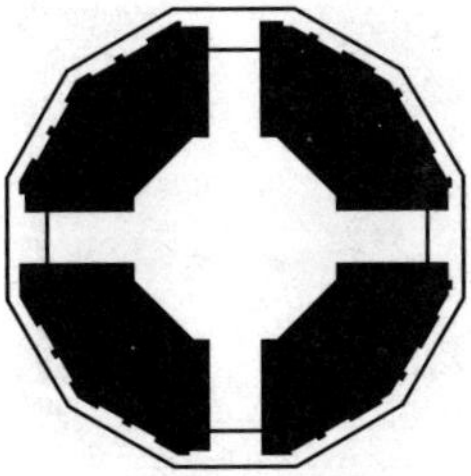

+520

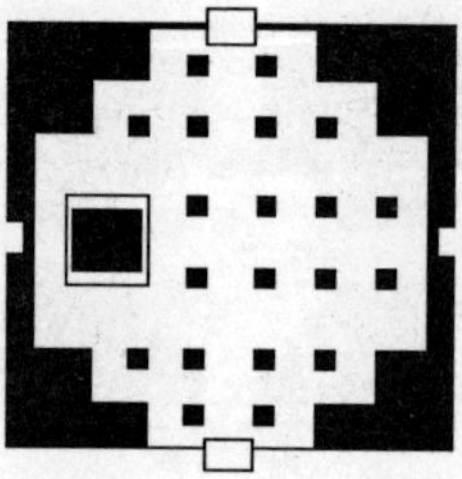

+550

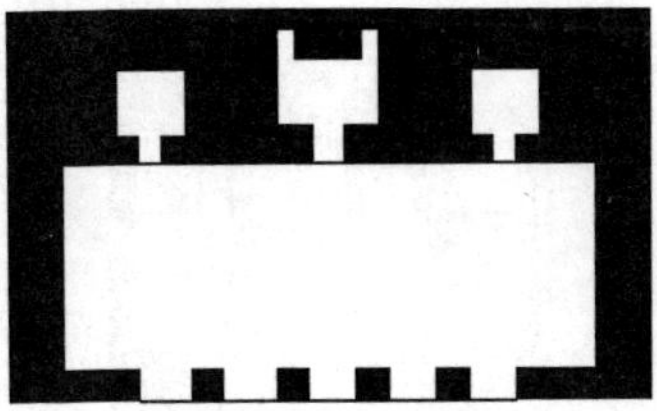

+551

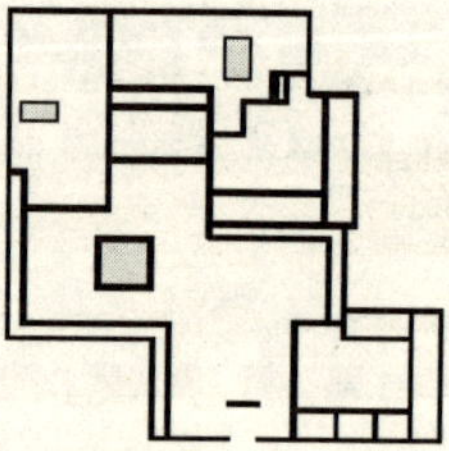

+1041

+1163

+1300

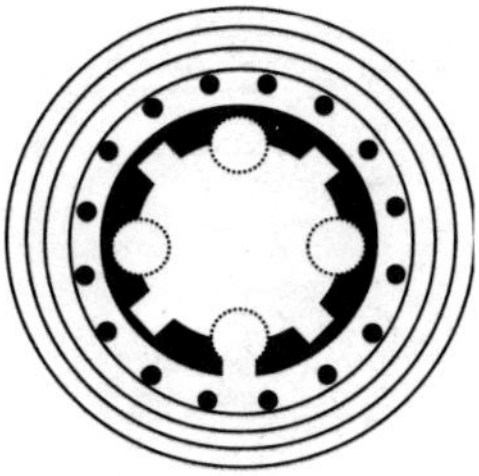

+1502

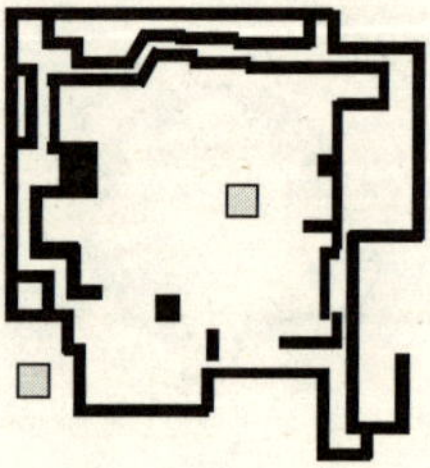

+1593

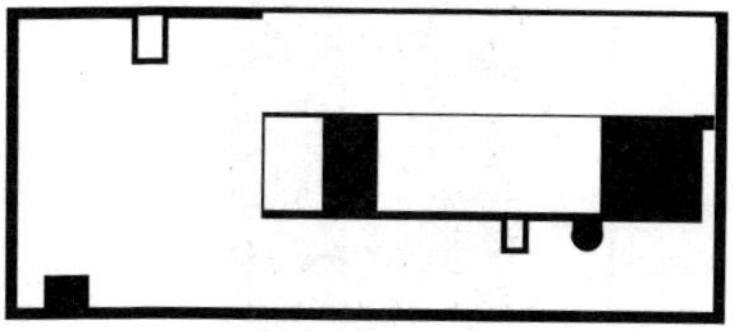

+1923

+1928

+1954

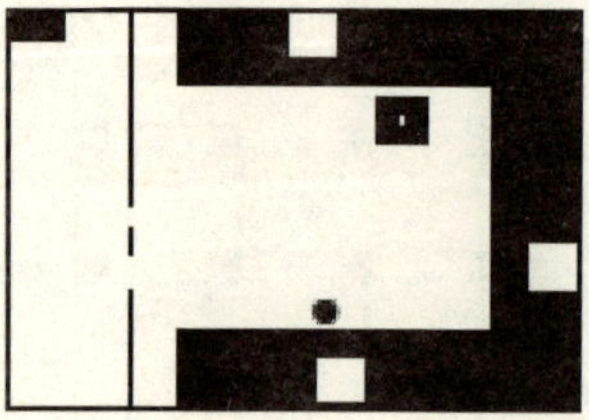

+1956

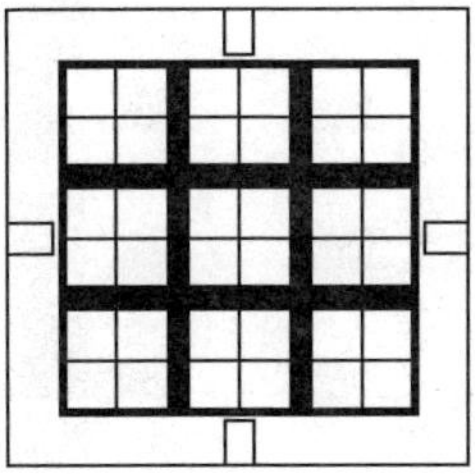

+1957

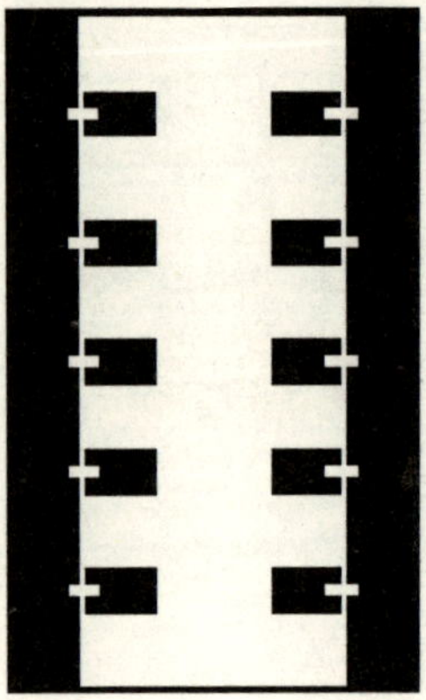

+1959

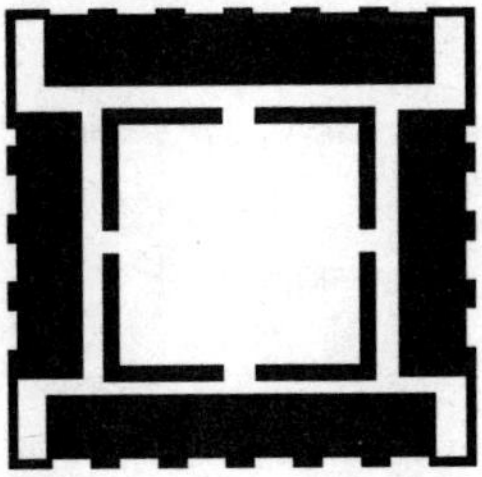

+1960

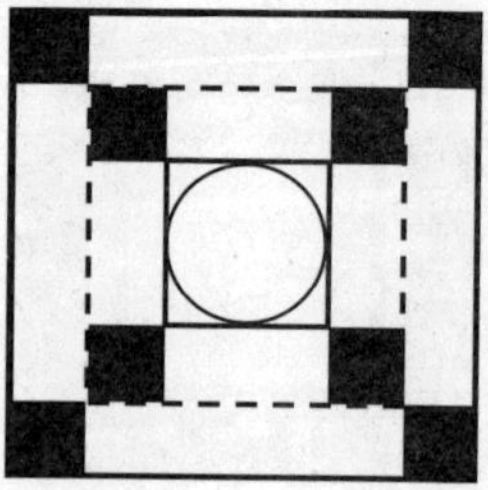

+1965

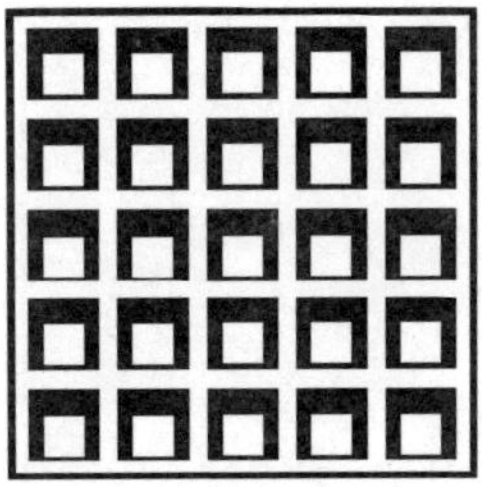

+1969

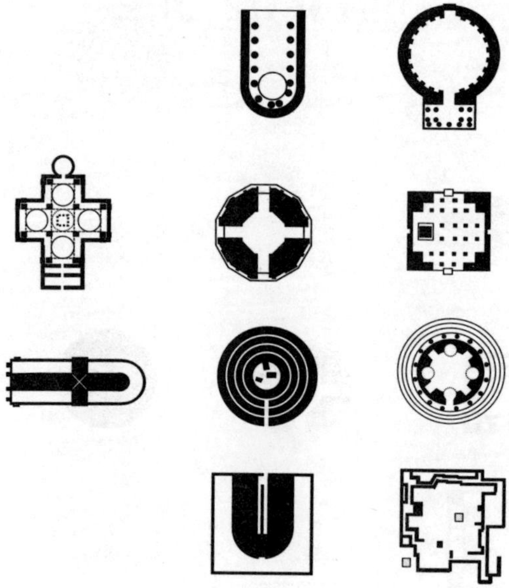

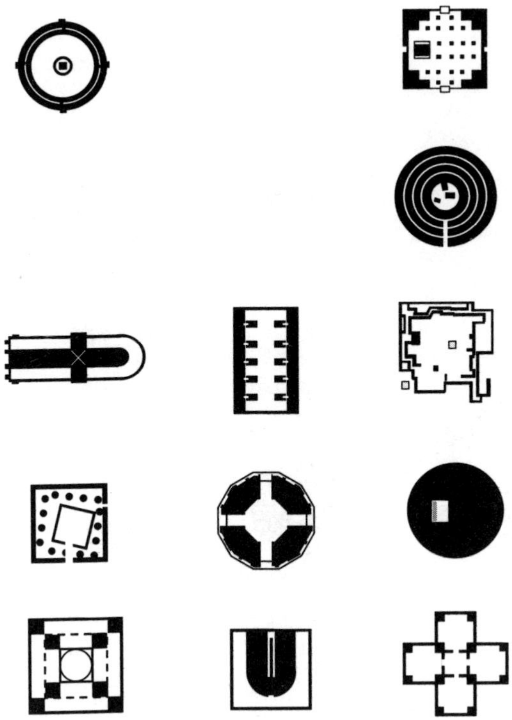

除特殊注明外，
本书所有图像均为作者绘制。

后 记

你所看到的图形，也是一个年表。从公元前 20000 年的旧石器时代末期，一直到上世纪中后叶（文中以 1969 年的建筑作品作为结尾），建筑的图形或符号似乎在一条特殊而自我的主线上不断行进……

它们长大又缩小，膨胀又退回，明确又矛盾，像一个透明的呼吸的胚胎。而我们正期待着一个答案的出生，在一个似长而短的时间里……

我们希望文字与建筑在这里合一，互相包裹，相互浸染。一种在内，历经十月；一种在外，横越万年。

如果附加上雨果对文学与建筑的比较，本书的编排更想传达出更多的引人思考的迷思与隐语。希望这里的空间与语言相交互，并跨越中西与时间，从而获得一种浑然的生命体。

它的真貌也许有一万种可能或者不存在，但每个人可以穿梭在通往其真貌的路上。